En el
PALACIO
del
REY del OCÉANO

En el Palacio del Rey del Océano

por Marilyn Singer

ilustrado por Ted Rand

traducido por Aída Marcuse

Libros Colibrí

ATHENEUM BOOKS FOR YOUNG READERS

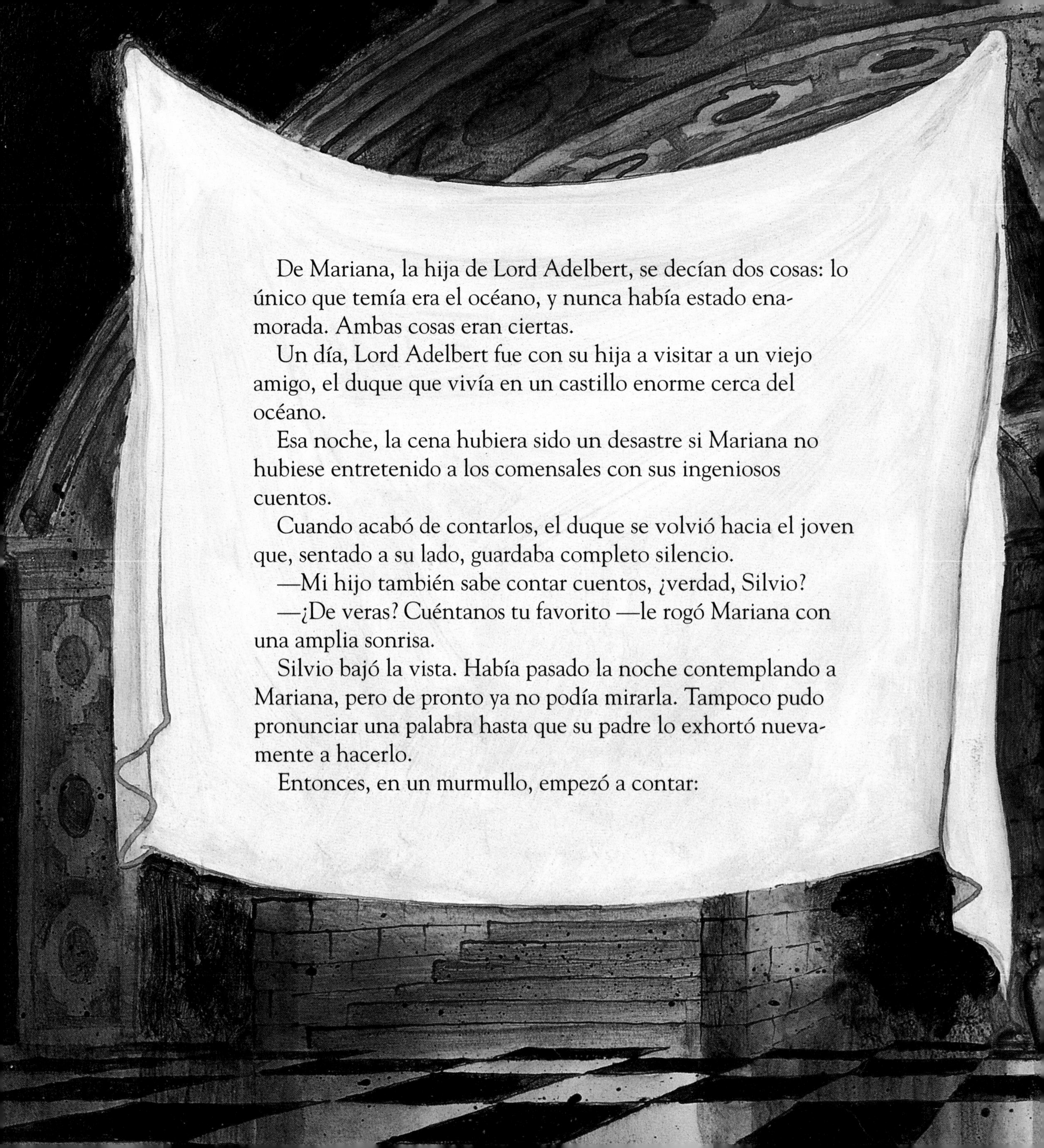

De Mariana, la hija de Lord Adelbert, se decían dos cosas: lo único que temía era el océano, y nunca había estado enamorada. Ambas cosas eran ciertas.

Un día, Lord Adelbert fue con su hija a visitar a un viejo amigo, el duque que vivía en un castillo enorme cerca del océano.

Esa noche, la cena hubiera sido un desastre si Mariana no hubiese entretenido a los comensales con sus ingeniosos cuentos.

Cuando acabó de contarlos, el duque se volvió hacia el joven que, sentado a su lado, guardaba completo silencio.

—Mi hijo también sabe contar cuentos, ¿verdad, Silvio?

—¿De veras? Cuéntanos tu favorito —le rogó Mariana con una amplia sonrisa.

Silvio bajó la vista. Había pasado la noche contemplando a Mariana, pero de pronto ya no podía mirarla. Tampoco pudo pronunciar una palabra hasta que su padre lo exhortó nuevamente a hacerlo.

Entonces, en un murmullo, empezó a contar:

—Un día, un joven fue a pasear por la playa y encontró a un tritón varado en la orilla, agitando débilmente la cola. Tenía los ojos vidriosos, y una voz tan débil que, para entender lo que decía, el joven tuvo que pegar la oreja a los labios del tritón.

—Desobedecí las órdenes del Rey del Océano —dijo el tritón—. Para castigarme, agitó las aguas con su tridente y me arrojó del mar. Sólo un ser humano puede devolverme a él. ¿Será usted?

El joven no dudó que el tritón decía la verdad, pues había oído hablar del terrible Rey del Océano.

Como la arena estaba mojada y el tritón era muy pesado, el muchacho tuvo que hacer un gran esfuerzo, pero lo llevó de vuelta al mar. En las aguas, una sirena lloraba desconsolada, pero al verlo, le recibió con gran alivio.

—Nunca olvidaré lo que hizo por mí —dijo el tritón—, y cuando me necesiten les ayudaré a usted y a su amada.

De pronto, Silvio se interrumpió.

Su padre frunció el ceño.

—¿Eso es todo? —preguntó el duque, a quien le encantaban los cuentos divertidos y los que le hacían estremecerse. Este cuento no era chistoso ni le asustaba para nada—. Tu cuento no puede terminar así. ¿El tritón tuvo ocasión de ayudar al muchacho?

—Todavía no —murmuró Silvio.

Mariana lo miró incómoda.

—Hablas como si este cuento fuera cierto.

—Lo es —replicó él.

A Mariana le corrió un escalofrío por la espalda, pero optó por reírse. Silvio se ruborizó, bajó la vista, y se concentró en la comida que tenía en el plato.

No dijo una palabra más el resto de la velada.

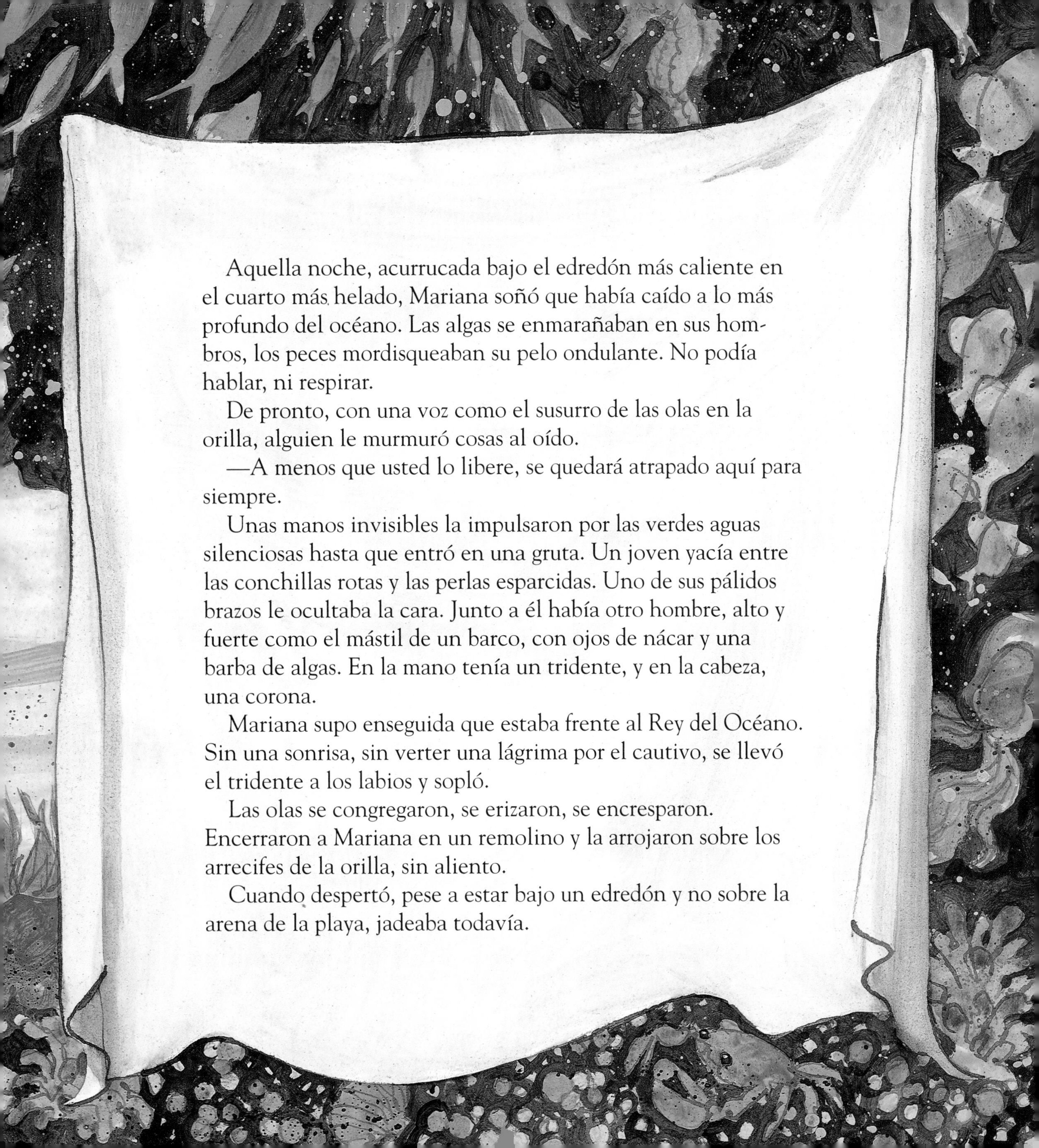

Aquella noche, acurrucada bajo el edredón más caliente en el cuarto más helado, Mariana soñó que había caído a lo más profundo del océano. Las algas se enmarañaban en sus hombros, los peces mordisqueaban su pelo ondulante. No podía hablar, ni respirar.

De pronto, con una voz como el susurro de las olas en la orilla, alguien le murmuró cosas al oído.

—A menos que usted lo libere, se quedará atrapado aquí para siempre.

Unas manos invisibles la impulsaron por las verdes aguas silenciosas hasta que entró en una gruta. Un joven yacía entre las conchillas rotas y las perlas esparcidas. Uno de sus pálidos brazos le ocultaba la cara. Junto a él había otro hombre, alto y fuerte como el mástil de un barco, con ojos de nácar y una barba de algas. En la mano tenía un tridente, y en la cabeza, una corona.

Mariana supo enseguida que estaba frente al Rey del Océano. Sin una sonrisa, sin verter una lágrima por el cautivo, se llevó el tridente a los labios y sopló.

Las olas se congregaron, se erizaron, se encresparon. Encerraron a Mariana en un remolino y la arrojaron sobre los arrecifes de la orilla, sin aliento.

Cuando despertó, pese a estar bajo un edredón y no sobre la arena de la playa, jadeaba todavía.

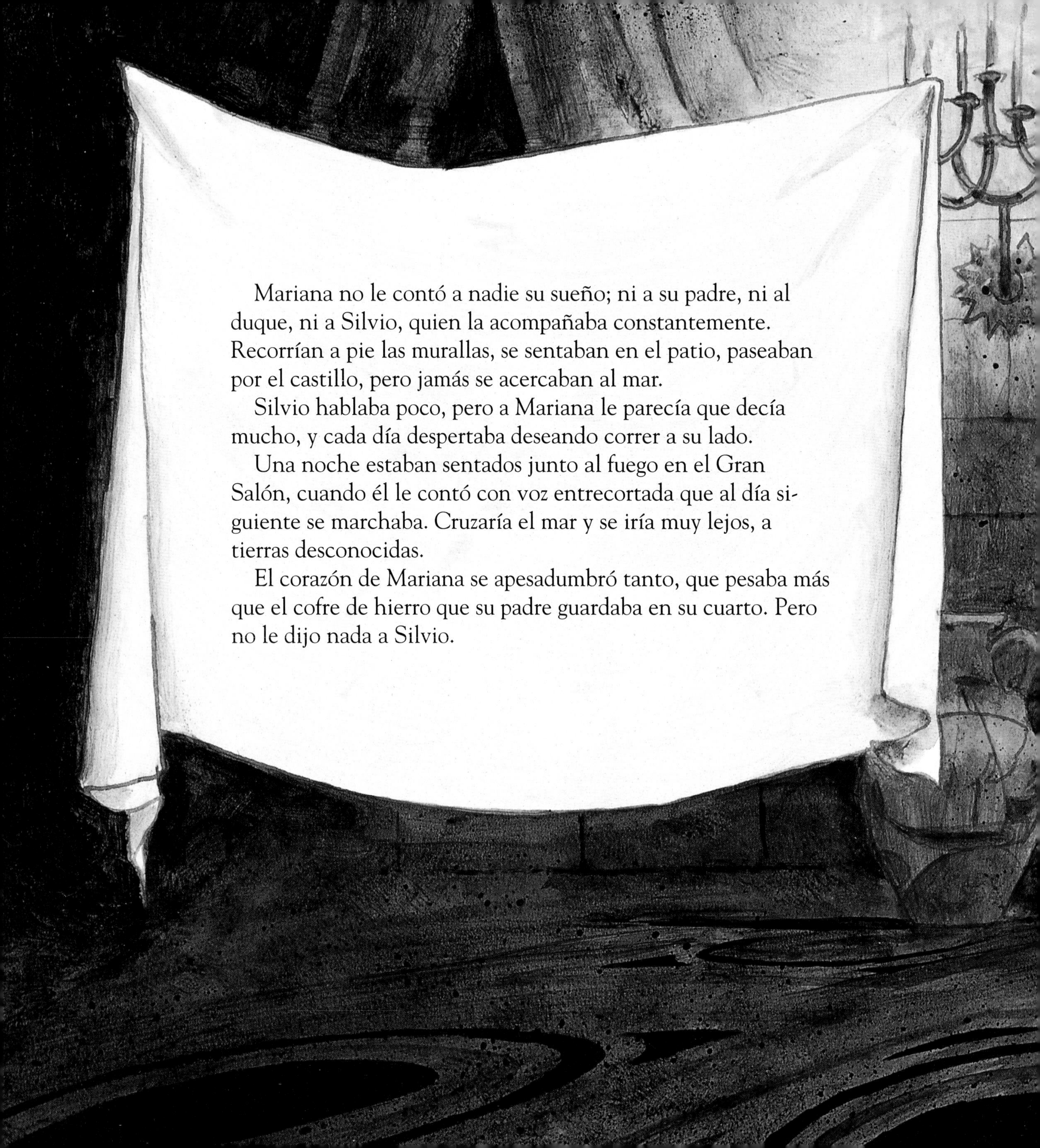

Mariana no le contó a nadie su sueño; ni a su padre, ni al duque, ni a Silvio, quien la acompañaba constantemente. Recorrían a pie las murallas, se sentaban en el patio, paseaban por el castillo, pero jamás se acercaban al mar.

Silvio hablaba poco, pero a Mariana le parecía que decía mucho, y cada día despertaba deseando correr a su lado.

Una noche estaban sentados junto al fuego en el Gran Salón, cuando él le contó con voz entrecortada que al día siguiente se marchaba. Cruzaría el mar y se iría muy lejos, a tierras desconocidas.

El corazón de Mariana se apesadumbró tanto, que pesaba más que el cofre de hierro que su padre guardaba en su cuarto. Pero no le dijo nada a Silvio.

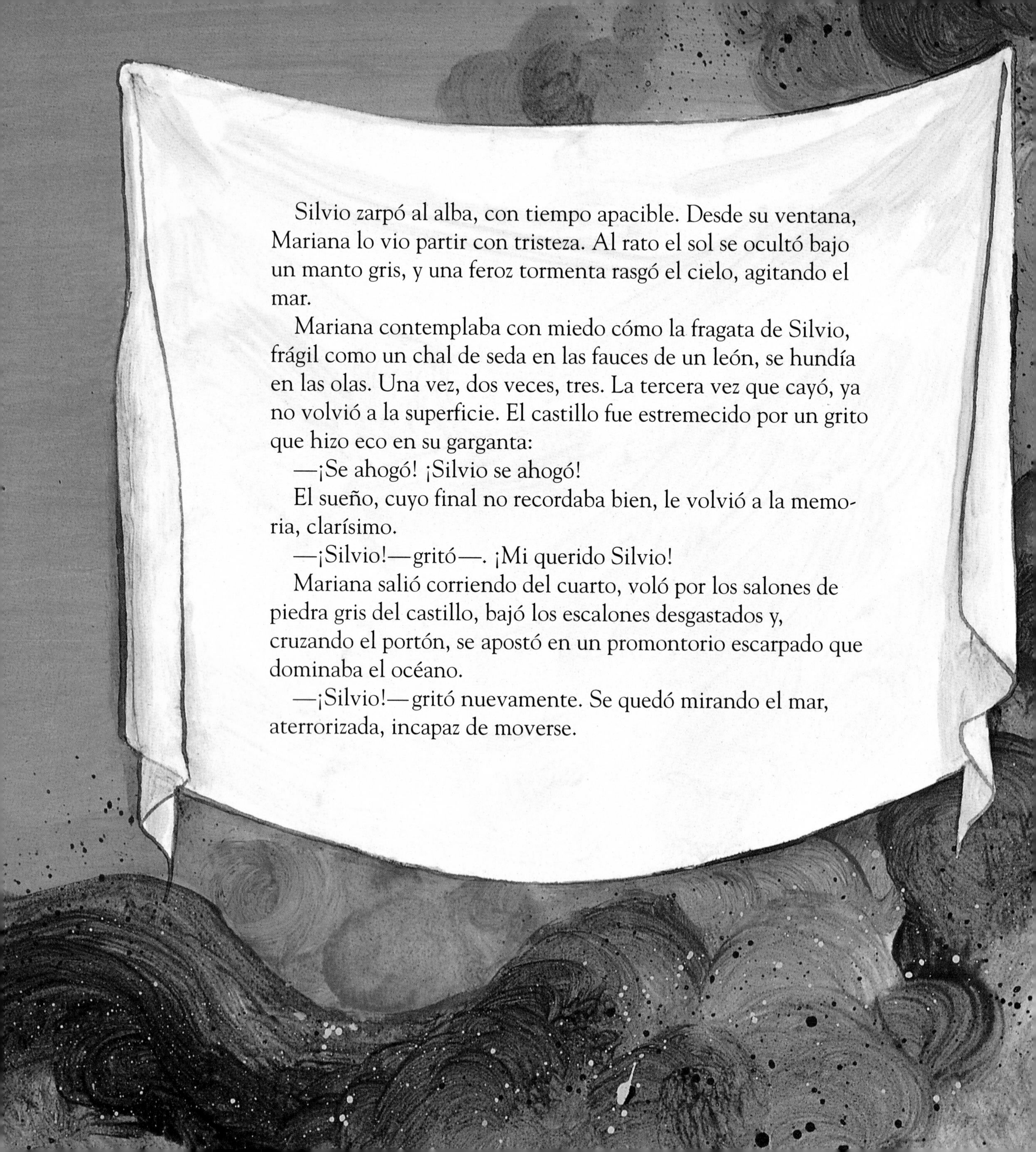

Silvio zarpó al alba, con tiempo apacible. Desde su ventana, Mariana lo vio partir con tristeza. Al rato el sol se ocultó bajo un manto gris, y una feroz tormenta rasgó el cielo, agitando el mar.

Mariana contemplaba con miedo cómo la fragata de Silvio, frágil como un chal de seda en las fauces de un león, se hundía en las olas. Una vez, dos veces, tres. La tercera vez que cayó, ya no volvió a la superficie. El castillo fue estremecido por un grito que hizo eco en su garganta:

—¡Se ahogó! ¡Silvio se ahogó!

El sueño, cuyo final no recordaba bien, le volvió a la memoria, clarísimo.

—¡Silvio!—gritó—. ¡Mi querido Silvio!

Mariana salió corriendo del cuarto, voló por los salones de piedra gris del castillo, bajó los escalones desgastados y, cruzando el portón, se apostó en un promontorio escarpado que dominaba el océano.

—¡Silvio!—gritó nuevamente. Se quedó mirando el mar, aterrorizada, incapaz de moverse.

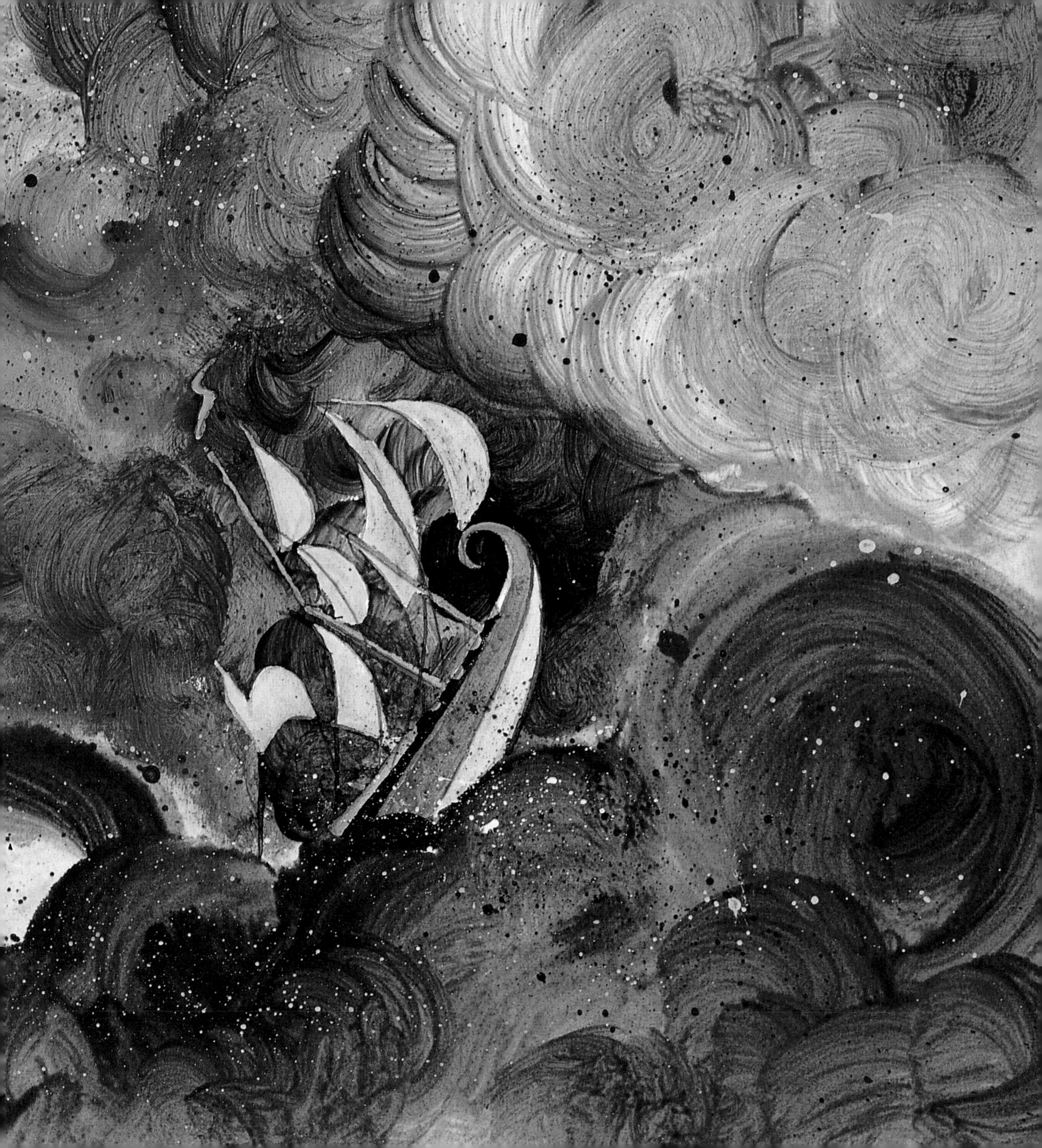

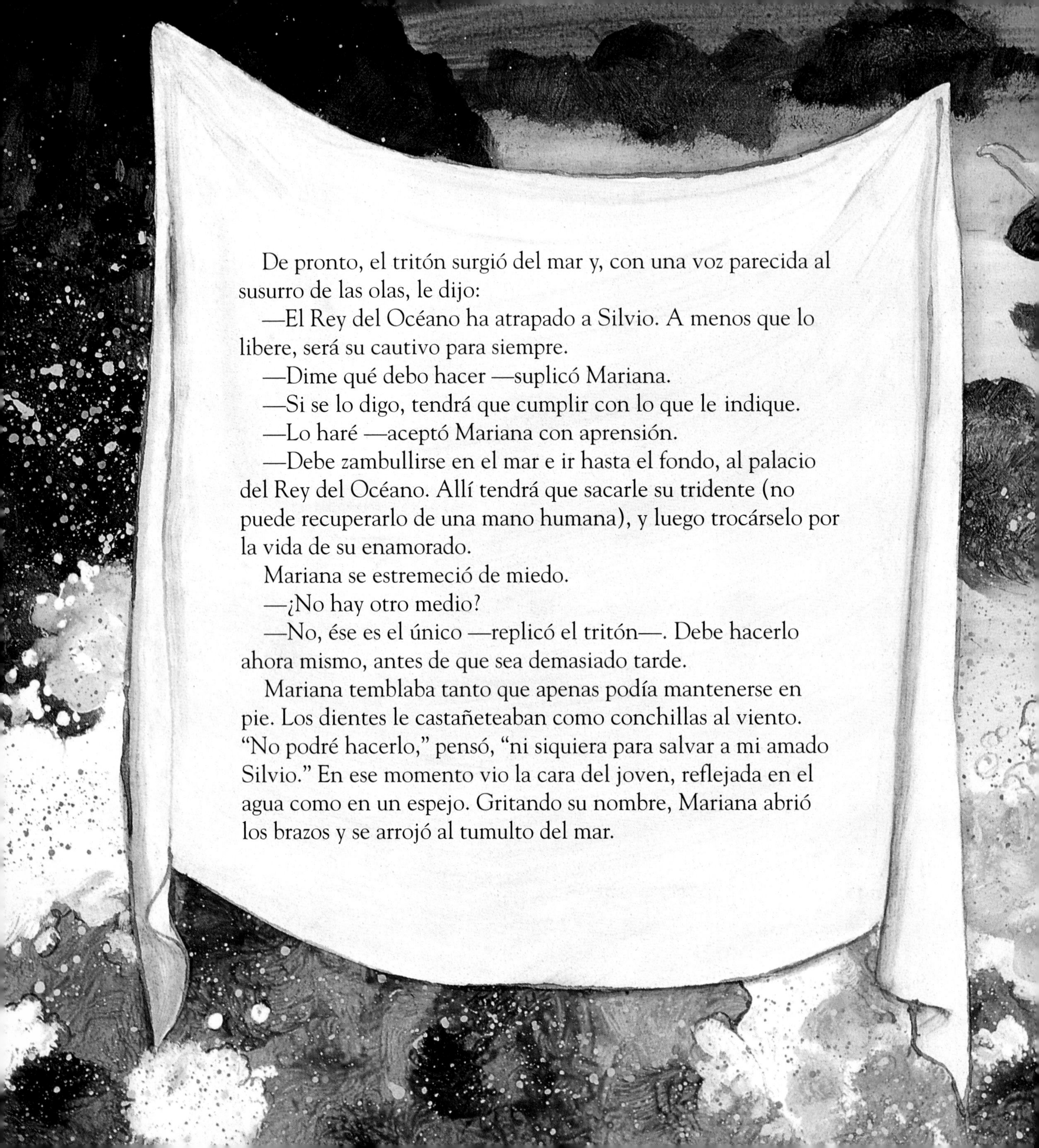

De pronto, el tritón surgió del mar y, con una voz parecida al susurro de las olas, le dijo:

—El Rey del Océano ha atrapado a Silvio. A menos que lo libere, será su cautivo para siempre.

—Dime qué debo hacer —suplicó Mariana.

—Si se lo digo, tendrá que cumplir con lo que le indique.

—Lo haré —aceptó Mariana con aprensión.

—Debe zambullirse en el mar e ir hasta el fondo, al palacio del Rey del Océano. Allí tendrá que sacarle su tridente (no puede recuperarlo de una mano humana), y luego trocárselo por la vida de su enamorado.

Mariana se estremeció de miedo.

—¿No hay otro medio?

—No, ése es el único —replicó el tritón—. Debe hacerlo ahora mismo, antes de que sea demasiado tarde.

Mariana temblaba tanto que apenas podía mantenerse en pie. Los dientes le castañeteaban como conchillas al viento. "No podré hacerlo," pensó, "ni siquiera para salvar a mi amado Silvio." En ese momento vio la cara del joven, reflejada en el agua como en un espejo. Gritando su nombre, Mariana abrió los brazos y se arrojó al tumulto del mar.

Dispersando peces, arrastrando algas, Mariana cayó como un ancla a las profundidades, donde quimeras de ojos llameantes y mandíbulas fulgurantes le rozaban los costados y desaparecían. Durante este tiempo, el tritón permaneció a su lado. Por fin llegaron a la gruta. Una extraña luz les permitía divisar a Silvio, tendido sobre el suelo perlado, frío y blanco como un hueso de ballena. El Rey del Océano estaba inclinado sobre él, con el tridente sujeto a una cadena de oro que le ceñía el macizo cuello.

—Devuélvamelo —trató de decir Mariana. Pero no podía respirar, y no podía hablar.

El rey posó las palmas sobre los ojos cerrados de Silvio. El joven se puso de pie, cimbrándo como un junco. El rey palmoteó una vez; el suelo de la gruta se abrió y aparecieron unas escaleras. Los sirvientes del Rey del Océano subieron los escalones; dos llevaban una red parecida a un manto, y otros cuatro cargaban un trono. El rey les hizo señas a los que llevaban la red; los sirvientes la echaron sobre los hombros de Silvio y dieron un paso atrás. El rey hizo otro gesto con la mano. Esta vez, Silvio se deslizó hacia él, como ingrávido, luego se volvió y bajó los negros escalones. Los dos sirvientes lo siguieron, y el rey cerró la marcha, sentado en su trono de oro.

—Usted también debe ir —murmuró el tritón al oído de Mariana—. Yo no puedo hacerlo, pero usted debe ir . . . rápido, antes de que Silvio empiece a bailar.

Mariana bajó rápidamente, amparándose en las sombras para no ser vista. Atravesó corredores de coral negro y, tras el rey y sus hombres, llegó al palacio de escamas de plata. Más allá, donde el aire era claro y dulce, había un salón de baile con noventa y nueve huéspedes. Algunos vestían terciopelos, otros, harapos, pero todos tenían las mejillas sumidas, los ojos hundidos, y giraban en círculos, en un vals lento e interminable. Sólo se detuvieron cuando el rey palmoteó. Entonces se separaron en dos filas, los hombres en una, las mujeres en otra, y permanecieron de pie, mirando sin ver a través del cuarto. El último en unirse a la fila fue el centésimo huésped, Silvio.

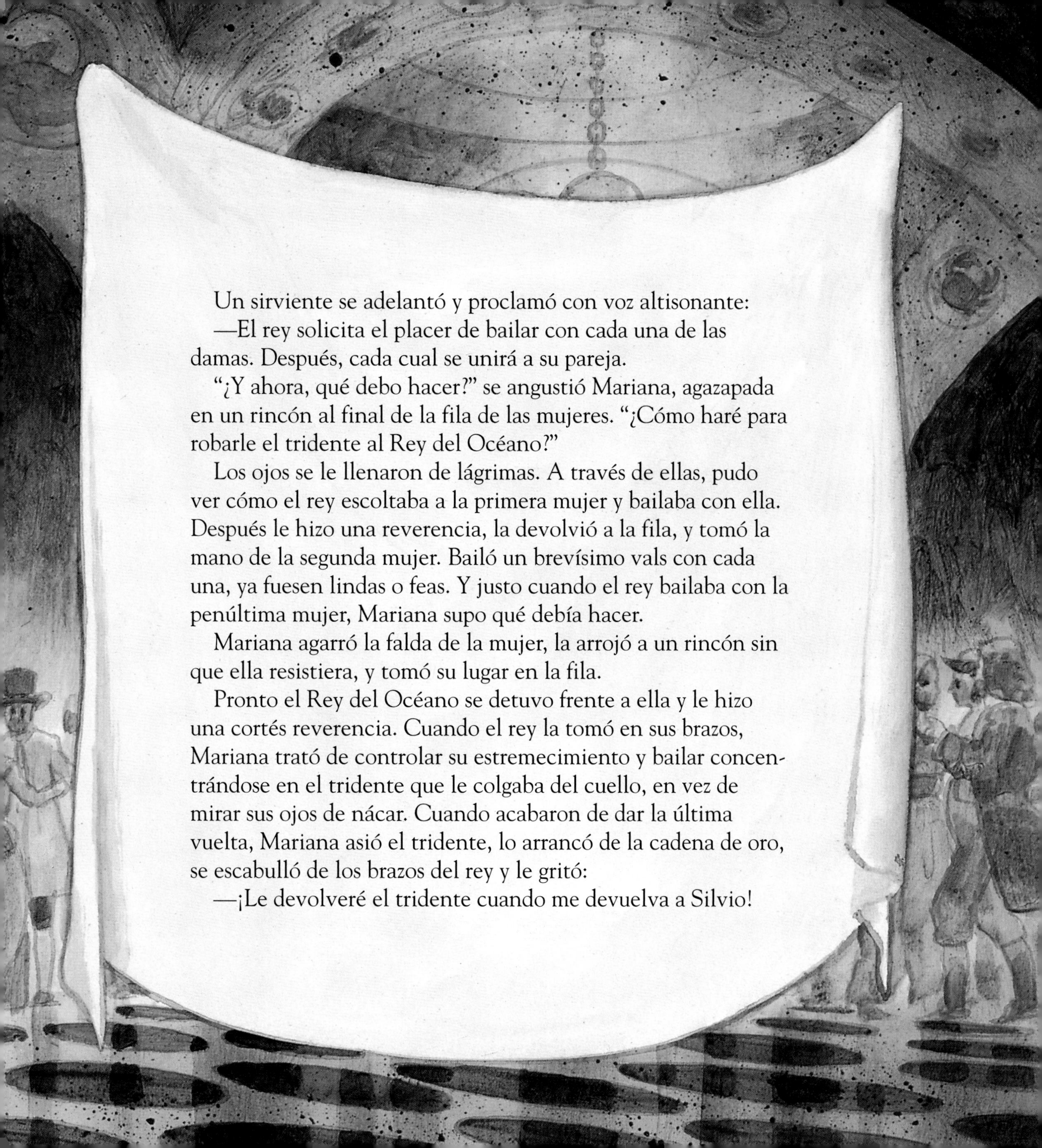

Un sirviente se adelantó y proclamó con voz altisonante:

—El rey solicita el placer de bailar con cada una de las damas. Después, cada cual se unirá a su pareja.

"¿Y ahora, qué debo hacer?" se angustió Mariana, agazapada en un rincón al final de la fila de las mujeres. "¿Cómo haré para robarle el tridente al Rey del Océano?"

Los ojos se le llenaron de lágrimas. A través de ellas, pudo ver cómo el rey escoltaba a la primera mujer y bailaba con ella. Después le hizo una reverencia, la devolvió a la fila, y tomó la mano de la segunda mujer. Bailó un brevísimo vals con cada una, ya fuesen lindas o feas. Y justo cuando el rey bailaba con la penúltima mujer, Mariana supo qué debía hacer.

Mariana agarró la falda de la mujer, la arrojó a un rincón sin que ella resistiera, y tomó su lugar en la fila.

Pronto el Rey del Océano se detuvo frente a ella y le hizo una cortés reverencia. Cuando el rey la tomó en sus brazos, Mariana trató de controlar su estremecimiento y bailar concentrándose en el tridente que le colgaba del cuello, en vez de mirar sus ojos de nácar. Cuando acabaron de dar la última vuelta, Mariana asió el tridente, lo arrancó de la cadena de oro, se escabulló de los brazos del rey y le gritó:

—¡Le devolveré el tridente cuando me devuelva a Silvio!

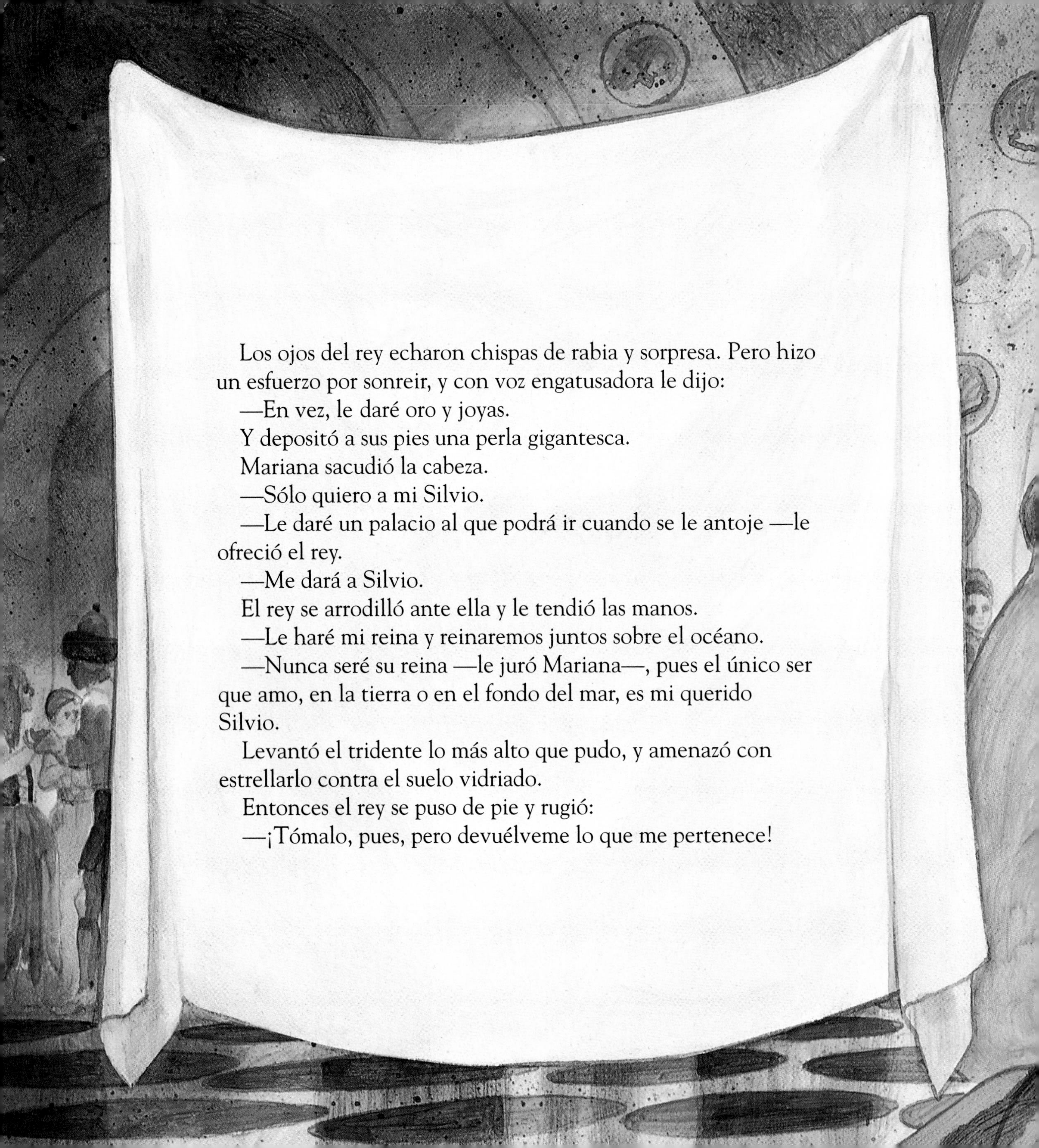

Los ojos del rey echaron chispas de rabia y sorpresa. Pero hizo un esfuerzo por sonreir, y con voz engatusadora le dijo:

—En vez, le daré oro y joyas.

Y depositó a sus pies una perla gigantesca.

Mariana sacudió la cabeza.

—Sólo quiero a mi Silvio.

—Le daré un palacio al que podrá ir cuando se le antoje —le ofreció el rey.

—Me dará a Silvio.

El rey se arrodilló ante ella y le tendió las manos.

—Le haré mi reina y reinaremos juntos sobre el océano.

—Nunca seré su reina —le juró Mariana—, pues el único ser que amo, en la tierra o en el fondo del mar, es mi querido Silvio.

Levantó el tridente lo más alto que pudo, y amenazó con estrellarlo contra el suelo vidriado.

Entonces el rey se puso de pie y rugió:

—¡Tómalo, pues, pero devuélveme lo que me pertenece!

—Aquí lo tiene —dijo Mariana. Pero antes de devolvérselo, tomó la perla y la metió en el cuerno del tridente, para que el rey no pudiese convocar las aguas antes que ella y Silvio estuvieran a salvo en la orilla.

Mariana corrió hacia Silvio, lo tomó por el brazo y huyó con él. Lo empujó por los corredores de coral, por las escaleras de la gruta y por el negro océano.

Ya veían la luz del día cuando el océano se estremeció con el golpe del tridente. Las aguas empezaron a girar, erizarse y arremolinarse. Envolvieron a Mariana y Silvio en un torbellino, y los hubieran arrastrado nuevamente a los lares del Rey del Océano, si en ese momento Silvio no hubiese despertado. Con el brío del amor, consiguió liberarse y arrojarse con Mariana al oleaje, que los llevó a la orilla.

Pasó bastante tiempo antes de que pudieran levantarse. Cuando por fin lo lograron, se confundieron en un abrazo. Estaban aún abrazados cuando Lord Adelbert y el duque los encontraron. Las campanas del castillo tañeron y repicaron, tronaron los cañones, sonaron las trompetas, y así volvieron a hacerlo cuando los jóvenes se casaron, unos meses después.

Ese día, Mariana le dijo a Silvio:

—Por fin tu cuento tiene un final.

—Que también es un principio—contestó él, mirándola a los ojos.

Radiantes, se sonrieron uno al otro, pues sabían que ambas cosas eran ciertas.

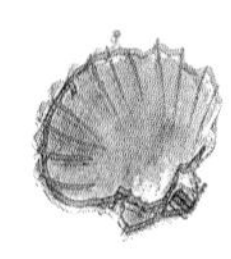

Para Joe, Nora, Hopi y Ara
—M. S.

Para mi nieta Sierra
—T. R.

Atheneum Books for Young Readers
An imprint of Simon & Schuster Children's Publishing Division
1230 Avenue of the Americas
New York, New York 10020

The text of this book is set in 14-point Goudy Old Style.
The illustrations are rendered in ink, bamboo pen, and acrylic paints.

First edition
Printed in the United States of America
10 9 8 7 6 5 4 3 2 1

Summary: A young woman overcomes her fear of the ocean to rescue her beloved from the palace of the Ocean King.

ISBN 0–689–31983–5
Library of Congress Card Catalog Number: 94–71329